Rainer Güllich

Holmes in Bedrängnis

Drei Sherlock-Holmes-Geschichten

Rainer Güllich

Holmes in Bedrängnis

Drei Sherlock-Holmes-Geschichten

Impressum

Bibliografische Information der Deutschen Nationalbibliothek:
Die Deutsche Nationalbibliothek verzeichnet diese
Publikation in der Deutschen Nationalbibliografie; detaillierte
bibliografische Daten sind im Internet über http://dnb.dnb.de
abrufbar.

Die automatisierte Analyse des Werkes, um daraus
Informationen insbesondere über Muster, Trends und
Korrelationen gemäß §44b UrhG („Text und Data Mining") zu
gewinnen, ist untersagt.

© 2024 Rainer Güllich

Lektorat: Nina Firl, Textbrille.de

Verlag: BoD · Books on Demand GmbH, In de Tarpen 42,
22848 Norderstedt

Coverfoto: Pixabay, TAI-Design

Druck: Libri Plureos GmbH, Friedensallee 273, 22763
Hamburg

ISBN: 978-3-7693-0239-4

Inhaltsverzeichnis

1. Holmes in Bedrängnis

Sherlock Holmes saß im Warteraum des
Charing Cross Bahnhofes, hatte die Times vor
sich aufgeschlagen und schien sie
konzentriert zu lesen. Einem aufmerksamen
Beobachter aber wäre aufgefallen, dass er nur
so tat, als würde er sich für seine Lektüre
interessieren. Die Aufmerksamkeit von
Holmes war nämlich auf die Dame gerichtet,
die links neben dem Eingang des Warteraums
auf einer Bank saß. Sein Auge lugte ab und
zu an der einer Seite der Zeitung vorbei zu
jener Dame hin.

Die recht ansehnliche Person mittleren Alters
war Lady Charlotte Wentworth, Gattin von
Lord William Wentworth, Angehöriger des
englischen Oberhauses.

Lord Wentworth verdächtigte seine Gattin des
Ehebruchs und hatte bei seinem langjährigen
Freund Holmes angefragt, ob er diese
Angelegenheit für ihn nicht diskret klären
könne. Er wisse, dass solch eine banale
Ermittlung eher die Aufgabe eines Wald- und
Wiesendetektivs sei, aber an so jemanden

wolle er sich nicht wenden. Es sei unter
seiner Würde und er befürchte, dass solch
eine Person nicht vertrauenswürdig sei. Die
für ihn doch peinliche Angelegenheit könne so
eventuell an die Öffentlichkeit gelangen.

Holmes, der momentan an keinem
aufsehenerregenden Fall arbeitete, ließ sich
überreden und erfüllte den Wunsch seines
Freundes.

Und so war er, wie die letzten Tage auch, der
Gattin des Lords auf ihren Wegen gefolgt.
Bisher war ihm bezüglich eines Ehebruchs
Lady Wentworths nichts aufgefallen. Sie war
in den letzten Tagen bei einigen
Wohltätigkeitsveranstaltungen zugegen
gewesen, hatte sich mit befreundeten anderen
Damen zum Tee getroffen oder war mit ihrem
Schoßhund, einem kleinen Pekinesen, und
ihrer Gesellschafterin im Hyde-Park spazieren
gewesen.

Heute war die Lady sehr früh aufgebrochen
und hatte sich mit einem Einspänner zum
Bahnhof fahren lassen. Holmes war ihr
ebenfalls mit einem zweirädrigen Hansom
Cab gefolgt und rechtzeitig am Bahnhof
angelangt, um mitzubekommen, dass die
Lady zwei Zugkarten nach Brighton gelöst
hatte. Holmes hatte direkt hinter ihr
gestanden und ebenfalls eine Fahrkarte nach
diesem Zielort erstanden. Er konnte sich Lady

Wentworth unbefangen nähern, da er ihr trotz der Freundschaft zu ihrem Mann noch nicht vorgestellt worden war. Warum das noch nicht geschehen war, erschloss sich ihm nicht. Vielleicht schien dem Lord Holmes' Stand nicht angemessen? Er konnte das nur vermuten.

Holmes' Blick fiel durch die geöffnete große Flügeltür, es war schon sehr heiß an diesem Morgen, auf das gegenüberliegende Gleis, wo der Postzug »Night Mail« beladen wurde. Auffallend viele Männer mit tief in die Stirn gezogenen Hüten oder Mützen umlagerten den Zug.

Bevor Holmes diese Erkenntnis weiteren Betrachtungen unterziehen konnte, wurde er durch das Eintreffen von Lady Wentworths Gesellschafterin, Mrs Harris, einer Dame mittleren Alters abgelenkt. Mrs Harris trug eine große leinene Reisetasche bei sich, ja, sie schleppte sich geradezu damit ab. Sie stellte die Tasche vor Lady Wentworth ab und Holmes konnte vernehmen, wie sie sagte: »Ich konnte neue Badetücher beschaffen. Ich habe ein gedecktes Orange ausgewählt. Die Tücher werden Ihrer Ladyschaft gefallen.«

Jetzt sah Holmes klarer. Lady Wentworth und ihre Gesellschafterin wollten nach Brighton an den Strand zum Baden fahren. Ja, das war im Bereich des Möglichen. Die

Bahnstrecke nach Brighton betrug fünfzig Meilen, eine Fahrt mit der »London and Brighton Railway« würde ungefähr zwei Stunden Fahrzeit betragen. Man konnte so tatsächlich einen vergnüglichen Tag in Brighton verbringen und abends zum Dinner wieder zu Hause sein.

Holmes überlegte kurz. Lady Wentworth hatte zwei Zugkarten erstanden, Ihre Gesellschafterin war mit den Badesachen erschienen. Das bedeutete, dass beide Damen nach Brighton zum Baden fahren würden und kein Treffen der Lady mit einem Liebhaber anstand. Also kein Grund, dass er nach Brighton fahren musste, um seine Beobachtungen für diesen Tag zu vervollständigen. Er würde Lord Wentworth die nächsten Tage mitteilen, dass keine Verdachtsmomente eines Ehebruchs von Seiten Lady Wentworths bestanden. Der Lord konnte sich getrost seiner politischen Karriere weiterwidmen.

Kaum hatte Holmes diesen Gedanken beendet, als ein mittelgroßer Mann mit Bowler, leicht abgetragener Weste und Jacke an ihn herantrat. Ein Schnauzer zierte sein hageres Gesicht. Holmes kannte ihn. Das war Mathews, ein bekannter Krimineller Londons, den Holmes schon einmal dingfest gemacht hatte.

Mathews grinste hämisch. »Schön Holmes, dass ich dich mal ohne deinen Watson antreffe. Ich habe ja noch ein Hühnchen mit dir zu rupfen. Wehr dich, wenn du kannst!«

Er hatte herausfordernd seine Fäuste gehoben und trat dicht an Holmes heran. Dieser sprang auf und ging in Verteidigungshaltung. Er hatte seine geballten Hände in Höhe seines Gesichts gebracht.

Doch ehe er sich versehen konnte, durchbrach Mathews mit einem mit aller Gewalt angebrachten Schlag seine Deckung und traf ihn an der linken Seite seines Kinns. Holmes taumelte und ging zu Boden. Er erhob sich schwerfällig und spuckte einen blutigen Zahn aus.

Mathews war einige Schritte nach hinten getänzelt, schaute auf Holmes und sagte: »Das sollte wohl genügen. Wage es nie, mir wieder unter die Augen zu treten.« Damit drehte er sich um und verschwand aus Holmes' Sichtbereich.

Ein älterer Mann in Anzug und Zylinder trat auf Holmes zu und fragte, ob er ihm helfen könne. Holmes bedankte sich, lehnte aber ab.

Holmes, noch etwas benommen, überlegte seine nächsten Schritte. Der »Fall« Lady Wentworth war für ihn beendet, also konnte er sich seinen Obliegenheiten widmen. Sein unterer linker Eckzahn war abgebrochen. Was für ihn als Erstes hieß, einen Zahnarzt aufzusuchen, der sich dieses Problems annehmen konnte.

Er verließ also den Bahnhof, winkte einen Einspänner heran und ließ sich in die Baker Street fahren, denn dort, wo er seinen Wohnsitz hatte, gab es auch eine Zahnarztpraxis, die er bisher jedoch nie aufsuchen musste.

Von der Extraktion seines abgebrochenen Eckzahnes bekam Holmes nichts mit. Die Betäubung mit Chloroform ließ ihn für kurze Zeit alles vergessen. Die Wunde im Kiefer musste ausheilen, dann würde Holmes einen Zahnersatz aus Elfenbein bekommen.

Nach der Behandlung begab sich Holmes in die Baker Street 221B, berichtete dort einem schockierten Doktor Watson, was ihm geschehen war, tat es aber als Bagatelle ab.

Am nächsten Morgen, die Schwellung seiner linken Wange war am Schwinden, las Holmes erstaunt in der »Morning Post«, dass am vorigen Tage der Postzug »The Night Mail« beim Beladen von mehreren vermummten Männern überfallen worden war. Etliche mit Banknoten und Wertgegenständen bestückte

Metallbehälter waren geraubt worden. Von den Posträubern fehlte jede Spur.

Kaum, dass Holmes das gelesen hatte, sprang er auf und sagte zu Watson, der ihm am Frühstückstisch gegenübersaß: »Kommen Sie Watson. Wir müssen zu Scotland Yard und mit Lestrade reden.«

Sie riefen sich eine Hansom-Kutsche und ließen sich zu Scotland Yard kutschieren. Hier wurden sie, nachdem sie ihr Anliegen vorgetragen hatten, zu Inspektor Lestrade geführt.

»Haben Sie schon jemanden in Verdacht, der den »Night Mail« überfallen haben könnte?«, fragte Holmes den Polizisten.

Als dieser resigniert den Kopf schüttelte, sagte Holmes lächelnd: »Da kann ich Ihnen helfen«, und schilderte das Ereignis vom Vortag, bei dem er seinen Zahn verloren hatte.

»Ich hatte mich schon gewundert, wieso Mathews mich in aller Öffentlichkeit angegriffen hat. Wenn er »das Hühnchen, was er mit mir noch zu rupfen hat« hätte rupfen wollen, hätte er dies hinterrücks und nicht so offen durchgeführt. Er wollte mich nichts als ablenken. Die Männer, die sich um den »Night Train« versammelt hatten, gehörten alle zu seiner Bande. Mathews hatte Angst, ich würde die Absicht des Raubes erkennen und Alarm schlagen. Er musste das verhindern. Und er hat es geschafft. Mir waren diese Männer tatsächlich aufgefallen. Bevor ich mir aber klarmachen konnte, was das bedeutete, tauchte erst die Gesellschafterin von Lady Wentworth auf. Danach erschien Mathews und zog all meine Aufmerksamkeit auf sich. Ich bin sicher, er ist der Urheber des Postraubs und Anführer der Raubbande.«

Lestrade zog überlegend die Brauen hoch und sagte: »Ich denke, Sie haben recht, Holmes. Wir werden den Burschen aufsuchen und ihn ins Kreuzverhör nehmen. Ich hoffe, er haust immer noch in seiner Bruchbude in Whitechapel.«

Man machte sich sofort mit einem Trupp Polizisten auf den Weg. Diese umstanden das schmale Haus, in dem Mathews wohnte, Lestrade, Holmes, Watson und ein Polizist stiegen das enge Treppenhaus hinauf und klopften an Mathews' Tür. Der öffnete und staunte nicht schlecht, als er die Personen erkannte, die vor ihm standen.

Bevor er irgendetwas sagen konnte, stürmte Inspektor Lestrade an ihm vorbei auf das alte Sofa zu, das im Hintergrund zu sehen war. Auf dem Sofa waren drei erbrochene Metallbehälter zu sehen, die mit dem Emblem der Royal Mail versehen waren. Mathews war

tatsächlich am Raub des Postzuges beteiligt
gewesen. Dass sich die Behälter und auch
deren Inhalt noch hier befanden, war das
sichere Zeichen, dass sich Mathews zu sehr
in Sicherheit gewogen hatte.

Lestrade erklärte den Verbrecher als verhaftet
und legte ihm Handschellen an. Als Lestrade
mit seinem Gefangenen durch die
Eingangstür ging, wandte sich Mathews an
Holmes und sagte grimmig: »Das wirst du mir
büßen, du elender Schnüffler.« Holmes zeigte
auf seine Zahnlücke und sagte: »Das habe ich
doch schon.« Er lächelte.

2. Whitey

Geoffrey »Whitey« Mouse hatte es sich neben dem brennenden Kamin seiner Hausherren Sherlock Holmes und Dr. Watson bequem gemacht und lauschte dem Gespräch der beiden Herren. Er saß hinter dem Kaminbesteck, da er dort als Hausmaus, deren Spezies er angehörte, kaum entdeckt werden konnte.Den Spitznamen Whitey hatte Geoffrey erhalten, weil sein feines Fell von weißer Farbe war. Dazu war sein Schwanz statt Fleischfarben braun gefärbt. Unzählige Ahnen hatten graues oder auch braunes Fell besessen, Whitey war leider bei der Geburt aus der Reihe getanzt. Das war der Grund, dass er allein lebte, da die auffällige Farbe zu viel Aufmerksamkeit auf sich zog. Die Sippe war somit gefährdet, irgendwelchen Katzen oder Hunden zu erliegen. Nicht dass ihm das Alleinleben gefallen hätte, doch er hatte aus Rücksichtnahme auf die Verwandtschaft diese Entscheidung getroffen. Er war in die Baker-Street 221b eingezogen, da sein alter Wohnsitz, ein Haus zwei Straßen weiter einem Feuer zum Opfer gefallen war. In der neuen Wohnung hatte er in einer brüchigen Wand ein kleines Loch zu einer wohligen Mausehöhle ausbauen können.

Whitey hatte schnell herausgefunden, dass er bei dem berühmten Meisterdetektiv Sherlock Holmes und seinem treuen Begleiter Dr. John H. Watson Zuflucht gefunden hatte. Die Gespräche der beiden, die er belauschte, hatten ihm dies offenbart.

Heute sprachen sie über Professor Moriarty, den Erzfeind von Holmes.

Whitey hörte Dr. Watson sagen: »Wir haben lange nichts mehr von Moriarty gehört. Ich denke aber, dass er weiterhin plant, Sie, Holmes, umzubringen. Das ist sein größtes Ziel. Er wird nicht aufgeben, um es zu erreichen.«

»Sie haben recht, Watson«, antwortete Holmes. »Wir wissen zwar, dass er sich momentan im Savoy Hotel aufhält, doch weist uns das nicht auf seine Pläne hin. Einem Überfall von Moriartry wären wir hilflos ausgeliefert.«

Beide Männer schwiegen und gaben sich ihren Gedanken hin. Nach geraumer Weile aber fragte Watson: »Haben Sie Ihre Rede für die Verleihung der Ehrenmedaille, die Sie nächste Woche bekommen, schon fertig?«

Holmes wurde die Ehre zuteil, die „Medaille für besondere Verdienste" von Scotland Yard, der Londoner Polizei, zu erhalten. Inspektor Lestrade, dem Holmes bei einigen Verbrechen hilfreich zur Seite gestanden hatte, würde die Verleihung vornehmen.

»Den Großteil der Rede habe ich beendet. Es fehlt noch das Schlusswort. Doch mir wird noch Angemessenes einfallen.«

Die beiden Männer verfielen wieder in Schweigen.

Was Whitey da hörte, passte ihm gar nicht. Ihm gefiel es gut in der Behausung der beiden Männer. Sie waren zwei häusliche Vertreter der Gattung Mensch, was hieß, dass Ruhe und Einklang herrschten. Etwas was Whitey gefiel. Wenn es nun diesem Moriarty gelingen würde, Sherlock Holmes das Leben zu nehmen, käme da ein Unsicherheitsfaktor in Whiteys Leben, den er nicht akzeptieren konnte. Denn er glaubte nicht, dass Dr. Watson die Wohnung allein würde halten können. Und wer weiß, was für Leute dann hier einziehen würden. Womöglich Leute mit Kindern, die unsäglichen Lärm verursachen konnten. Das hatte er schon einmal erleben müssen. Kaum auszuhalten. Whitey war froh, dass er Unterschlupf bei diesen angenehmen Herren gefunden hatte. Dass Sherlock Holmes manchmal Tage mit irgendwelchen wissenschaftlichen Experimenten zubrachte oder stundenlang Geige spielte, störte ihn nicht. Das Geigespiel war sogar sehr angenehm.

Aber Whitey wusste nun, wo er diesen Unsicherheitsfaktor Moriartry finden würde. Es war bestimmt keine große Sache, ihn in seinem Hotel aufzusuchen. Wer weiß, ob er da nicht irgendetwas in Erfahrung bringen konnte.

Am nächsten Tag machte sich Whitey auf den Weg zum Savoy Hotel. Er fuhr als blinder Passagier in ein paar Droschken mit, die Richtung Savoy fuhren. In London von Kindesbeinen an aufgewachsen, kannte er Weg und Steg. Im Hotel angekommen, versteckte er sich hinter einem Garderobenständer in der Nähe des Empfangs. Er wusste noch nicht genau, was er weiter unternehmen sollte. Doch das Glück war ihm hold. Der Empfangschef sprach nämlich einen Mann in einem grauen Anzug mit Moriarty an und übergab ihm einen Brief. Moriarty wurde von einem Mann in einem zerschlissenen Anzug begleitet.

Whitey folgte darauf den beiden Männern in den Aufzug und huschte mit ihnen in das Zimmer, das sie betraten. Er schlüpfte unter das Bett, das an der Fensterseite stand und konnte so das Gespräch der Männer belauschen.

Diese hatten sich inmitten des Raums an einen Tisch gesetzt. Professor Moriarty fragte sein Gegenüber: »Hast du den Sprengstoff beschaffen können?«

»Ja«, entgegnete der Gefragte, »war kein Problem. Ich habe es bei mir zu Hause gelagert.«

»Gut, am Dienstagmorgen wirst du das Zeug an der ersten Abzweigung der Baker-Street deponieren die Richtung Scotland Yard geht. Holmes und Watson müssen dort unweigerlich mit ihrer Droschke vorbeikommen, wenn sie zur Verleihung der Medaille fahren. Ich werde kommen und selbst die Lunte des Sprengstoffs anzünden, der meinen ärgsten Widersacher ins Jenseits befördern wird.«

Beide Männer lachten hämisch. Direkt darauf verabschiedete Moriarty seinen Kumpan und Whitey gelang es, mit ihm zur Tür hinauszuzuschlüpfen. Er hatte genug erfahren. Zum Glück war das eine einfache Aktion gewesen. Bis Dienstag hatte er Zeit sich einen Plan zurechtzulegen, um den Anschlag auf Holmes und Watson zu vereiteln. Whitey war gewitzt, ihm würde schon was einfallen.

Der Tag der Medaillenverleihung war gekommen, Holmes und Watson hatten nach

einer zweirädrigen Hansom-Kutsche
geschickt, die sie kurz darauf abholte.

Whitey, der den Männern den ganzen Tag
nicht von der Seite gewichen war, gelang es,
im Fußraum der Kutsche Platz zu finden.

Holmes und Watson saßen mit frohem
Geplauder beieinander, als die Kutsche in die
langezogene Biegung die aus der Baker-Street
herausführte, einbog. Da sahen sie plötzlich
eine kleine weiße Maus mit braunem
Schwanz, die am Pferdegeschirr entlangglitt,
und so auf den Rücken des Kutschpferdes
gelang. Von dort sprang das Tierchen zum
Kopf des Pferdes und biss diesem kräftig in
eines seiner Ohren. Vor Schreck und Schmerz
laut aufwiehernd machte das Tier einen
gewaltigen Sprung und raste die Straße
entlang. Im nächsten Moment gab es hinter
der Kutsche eine dröhnende Detonation und
eine Rauchwolke stob über das Gefährt. Der
Kutscher brachte den Wagen zum Stehen.

Holmes und Watson sprangen von der
Kutsche und liefen zur Stelle, an der die
Detonation erfolgt war. Im sich auflösenden
Rauch waren Moriarty und sein Kumpan zu
erkennen. Ihnen war das Glück nicht hold
gewesen. Moriarty lag am Boden, er hielt sich
sein blutendes Knie, er war wohl bei der
Detonation verletzt worden. Sein Kumpan
versuchte, das Blut mit einem Taschentuch

zu stoppen. Passanten umringten sie. Einer
der Umstehenden sagte: »Diese beiden
Männer sind die Attentäter. Wir sahen sie,
wie sie mit Sprengstoff hantierten und
dieser«, er deutete auf Moriarty, »die Lunte
anzündete. Wir müssen sie der Polizei
übergeben.«

Holmes trat auf Moriarty zu und sagte: »Da
scheint ja einiges falsch gelaufen zu sein. Das
wird Sie für einige Zeit hinter Gitter bringen.
Die Gerechtigkeit wird Sie ereilen.«

Moriarty sah Holmes mit wütendem Blick an,
sagte jedoch nichts.

Ein durch die Explosion herbeigerufener
Polizeitrupp nahm Moriarty und seinen
Kumpanen in Gewahrsam.

Holmes und Watson aber fuhren zum
feierlichen Akt der Medaillenverleihung und
kehrten danach in die Baker-Street zurück.
Von der Maus war nichts mehr zu sehen
gewesen.

Als sie am Abend vor dem flackernden Kamin
saßen und einen Brandy genossen, tauchte
vor ihnen die kleine weiße Maus mit dem
braunen Schwanz auf. Sie stand auf den
Hinterbeinen und sah die Männer mit ihren
klugen Äuglein an.

»Da ist ja unser Lebensretter«, sagte Holmes, ging nach nebenan in die Küche, in der Mrs. Hudson ein leichtes Abendbrot zubereitete und kam mit einem Stück Käse zurück.

»Für dich«, sagte er nur und legte das Käsestück vor der Maus ab. Diese nahm den Käse mit den Zähnen und schleppte ihn in eine Ecke des Zimmers in ein Loch, das sich dort befand.

»Wir werden sie ganz einfach Whitey nennen«, sagte Holmes.

Das Ritual der Käseübergabe fand ab da jeden Abend statt.

3. Die Drohung

Es war noch früh am Morgen, als es an der Haustür klingelte. Billy eilte hin und öffnete die Tür, aber niemand stand davor. Überrascht blickte er nach rechts und links, konnte aber keine Menschenseele entdecken. Verärgert wollte er schon die Tür wieder schließen, als ihm auf der Schwelle, direkt vor seinen Füßen, ein kleines Stück Papier, mit einem schwarzem Punkt darauf, auffiel.

Billy wurde blass. Vorsichtig hob er es auf, während er sich verängstigt umsah.

Er erschrak, als er hinter sich die Stimme von Mrs. Hudson hörte.

»Wer war das, Billy?«

Er hielt ihr das Papier mit dem schwarzen Punkt hin.

»Der, der… *Der schwarze Punkt…* wie in ‚Die Schatzinsel‘…«, stotterte er nur, rannte an ihr vorbei und stürmte die Treppe nach oben.

»Mr. Holmes! Mr. Holmes!«

Er stieß die Tür auf und platzte ins Zimmer.

»Mr. Holmes... Sir ... der *Der schwarze Punkt*!«

Sherlock Holmes, der inmitten des Zimmers auf einem Stuhl saß, ließ die Geige, auf der er gespielt hatte, sinken. »Was ist los Billy? Du stürmst hier so einfach ins Zimmer ...«

»Vor der Tür ... ich habe es vor der Tür gefunden. Das Papier mit dem schwarzem Punkt.«

Holmes stand auf, nahm das Papier entgegen, betrachtete es und sagte: »Ah, verstehe. Solch ein Papier hat auch Billy Bones in ‚Die Schatzinsel‘ bekommen. War eine Drohung und wenig später war er tot. Und dies Papier lag vor der Haustür?«

»Genau. Und es sah so aus, als habe man es extra dort hingelegt.«

Holmes nickte. »Ja, daran zweifle ich nicht. Ich denke, es soll eine Drohung an mich sein. Die Frage ist, von wem sie kommt? Doch schauen wir uns das Papier mal näher an.«

Er nahm es in beide Hände, drehte es und betrachtete es von beiden Seiten. Er setzte sich, nahm eine Münze aus seiner Westentasche und drückte sie Billy in die Hand. »Hier mein Junge. Für dich. Du darfst ruhig gehen.«

Billy nahm seine Schiebermütze vom Kopf, deutete eine Verbeugung an, verließ das Zimmer und wollte die Tür schließen. Doch ein mittelgroßer Herr mit gepflegtem Schnäuzer betrat den Raum. Seinen Gehstock stellte er in eine Ecke und begrüßte Sherlock Holmes mit einem »Guten Morgen. Du siehst so nachdenklich aus, Holmes. Was ist geschehen?«

Holmes wartete, bis Billy die Tür von außen geschlossen hatte, und schilderte dann seinem Freund Dr. Watson, was geschehen war.

»Ich habe mir gerade das Papier genauer betrachtet. Es ist ganz normales Briefpapier, der schwarze Punkt besteht aus Tinte. Das wird uns leider nicht weiterhelfen. Ich frage mich, wer mir Übles will.«

Watson lächelte. »Oh, da gibt es sicher genug. Du hast so viele Halunken hinter Gitter gebracht, gar nicht zu zählen.«

Holmes schüttelte den Kopf. »Ich denke, wir sollten nicht zu sehr in der Vergangenheit suchen. Ich glaube, die Sache hat etwas mit einem kürzlich abgeschlossenen Fall zu tun. Und da fällt mir nur der Lewis-Fall ein. Lewis hat mir nach seiner Verhandlung gedroht. Er will sich an mir rächen, sagte er.«

Watson zog die Brauen hoch. »Das haben schon viele behauptet und nie ist etwas passiert.«

»Ja schon. Aber ihm war es ernst. Das war deutlich zu merken.«

»Aber was will er tun? Er sitzt in Newgate ein. Ihm sind im wahrsten Sinne des Wortes die Hände gebunden.«

Holmes strich sich über die Nase. »Er hat doch ‚draußen‘ genug Kumpane. Denk doch nur an Spencer Harris.«

Harris war der engste Vertraute von James Lewis gewesen, dem Anführer einer Bande von Einbrechern. Lewis und seine Kumpane waren bei einem Einbruch von einem Bewohner bemerkt worden. Dieser hatte laut um Hilfe geschrien. Lewis hatte ihn daraufhin zum Schweigen gebracht. Er hatte ihn erstochen. Sherlock Holmes hatte Lewis mit sehr komplizierten Ermittlungsmethoden die Tat nachweisen können. Seinen Kumpanen war nicht beizukommen gewesen. Deshalb saß Lewis als Einziger in Haft. Er würde erst in zirka fünfzehn Jahren freikommen.

»Wir fahren nach Newgate und reden mit ihm. Vielleicht lässt er sich was entlocken. Direktor Prym wird uns schon zu ihm lassen.«

Holmes zog seinen Mantel an, es war Herbst und schon recht kühl. Watson, der noch nicht abgelegt hatte, folgte Holmes die Treppe hinunter. Auf der Straße angekommen riefen sie eine Pferdedroschke herbei und eine halbe Stunde später betraten sie die Zelle von James Lewis im Newgate-Gefängnis. Gefängnisdirektor Prym hatte sie, wie Holmes angenommen hatte, den Gefangenen ohne Bedenken aufsuchen lassen. Vorher konnte er ihnen jedoch noch ein paar interessante Informationen geben. Blount und Miller, die auch der Bande von Lewis angehörten, saßen ebenfalls in Newgate ein. Sie waren wegen Betrügereien zu mehrjährigen Gefängnisstrafen verurteilt worden. Das war für Holmes tatsächlich eine sehr wertvolle Information. So war klar, dass die Gefahr für Holmes nur von Harris, der rechten Hand von Lewis, ausgehen konnte. Er war das einzige Bandenmitglied, das in Freiheit war.

Lewis sprang von seiner Pritsche auf, als Holmes und Watson seine Zelle betraten. »Was wollt ihr hier?«

Er war untersetzt, hatte braune fettige Haare und war unrasiert. Seine Augen waren blutunterlaufen.

»Wir wollen Ihnen nur einen kleinen Besuch abstatten. Ich habe eine Drohung in Form eines schwarzen Punktes erhalten und wollte wissen, ob sie von Ihnen kommt.«

»Ein schwarzer Punkt. Und das soll eine Drohung sein. Wie kommst du darauf?«

Holmes ignorierte die vertrauliche Anrede. »Nun, in einem bekannten Roman wird ein solcher Punkt als Warnung verwendet. Ich denke, es gibt Parallelen.«

»Denk, was du willst. Aber wieso sollte ich dir drohen? Ich sitze hier noch ein paar Jährchen ein, ich kann nichts gegen dich unternehmen, auch wenn ich es noch so sehr möchte. Natürlich würde ich dich lieber tot als lebend sehen. Ich hasse dich!«

Holmes lächelte. »Sie werden doch ‚draußen‘ bestimmt genug Helfershelfer haben, die jede schmutzige Arbeit für Sie erledigen. Ich denke da beispielsweise an Harris.«

»Harris! Seit ich im Knast bin, habe ich nichts mehr von ihm gehört. Er hat mir den Rücken gekehrt. Ich weiß nicht, wo er ist.«

»Erzählen Sie das, wem Sie wollen. Ich jedenfalls habe genug erfahren.«

Holmes drehte sich zur Zellentür herum, klopfte und der Gefängniswärter, der sie eingelassen hatte, öffnete sie.

Holmes und Watson verließen das Gefängnis und stiegen in die Droschke, die auf sie gewartet hatte. Holmes befahl dem Kutscher, sie zur Polizeistation in Marylebone zu fahren, dem Stadtteil in dem er lebte.

»Was wollen Sie denn dort, Holmes?«, fragte Watson.

»Auf der Polizeistation muss ich mit Officer Benton reden. Ich will Harris eine Falle stellen. Denn wir wissen jetzt Einiges, was weiterhilft.«

Er zündete sich seine Pfeife an, dann sprach er weiter: »Blount und Miller sitzen ein, das heißt, dass Harris das einzige Bandenmitglied ist, von dem eine Gefahr ausgeht. Ich hatte gehofft, Lewis würde sich provozieren lassen und uns einiges von seinen Plänen verraten, doch habe ich mich da leider getäuscht. Trotzdem denke ich, dass die Gefahr von Harris ausgeht. Gerade weil uns Lewis hatte weismachen wollen, dass er keinen Kontakt mehr zu ihm hat. Harris und er waren wie Brüder. Nie und nimmer wissen sie nichts voneinander. Und ich denke, ich weiß auch, welche Gefahr mir von Harris droht: Er wird versuchen, mich zu erschießen. Harris wurde beim Militär zum Scharfschützen ausgebildet. Seine Treffsicherheit ist legendär unter den Gaunern.«

An der Polizeistation angekommen wartete Watson in der Droschke, während Holmes mit dem Policeofficer sprach.

Danach ließen sich die beiden Männer in die Baker-Street fahren, wo Mrs. Hudson sie aufgeregt begrüßte. »Mr. Holmes«, sagte sie, »ich denke, ich sollte Ihnen das mitteilen. Heute Mittag schlich ein in einen schwarzen Mantel gekleideter Mann um das Haus. Er hatte einen ebenfalls schwarzen Schlapphut auf, den er in das Gesicht gezogen hatte. Trotzdem konnte ich erkennen, dass er eine Augen-klappe trug und einen Vollbart hatte.«

»Harris!«, rief Watson aus.

»Vielen Dank, Mrs. Hudson. Das war eine wichtige Information«, sagte Holmes zu der Hauswirtin.

Als die beiden Männer in der Wohnung bei einem Glas Brandy zusammensaßen, sagte Holmes: »Sie haben natürlich recht, Watson. Der Kerl, der ums Haus geschlichen ist, war Harris. Ihm fehlt ein Auge und er trägt schon ewig einen Vollbart. Er wollte wohl die örtlichen Gegebenheiten ausspionieren. Ich denke, dass bald mit einem Anschlag zu rechnen ist.«

Watson nickte bedächtig, dann sagte er: »Was haben Sie eigentlich mit Officer Benton besprochen?«

Holmes lächelte. Er beugte sich zu seinem Mitbewohner vor. »Gut, ich will es Ihnen erläutern.«

Zwei Tage später. Es war dunkel, zirka neun Uhr abends. Im Haus gegenüber der Baker-Street 221b öffnete sich knarrend ein Dachfenster. Ein dunkel gekleideter Mann schaute heraus. In Sherlock Holmes' Wohnung brannte Licht. Seine Silhouette war deutlich an einem der Fenster zu erkennen. Er las in einem Buch.

Besser konnte ich es nicht treffen, dachte Spencer Harris, denn er war es, der aus dem Fenster schaute. Er griff hinter sich und holte ein Gewehr nach vorne. Es war ein Snider-Enfield-Hinterlader, der in der Armee verwendet wurde. Es war schon lange in seinem Besitz.

Harris visierte sorgfältig die Silhouette an, Kimme und Korn waren genau auf sie gerichtet. Das ist ein Kinderspiel, dachte er und drückte gleichzeitig ab. Wie aus heiterem Himmel verschwand die Silhouette und das Licht in der Wohnung erlosch.

Harris lief vom Speicher auf den Flur des Hauses und wollte die Treppe hinunterlaufen, als eine Trillerpfeife ertönte und laut trappelnde Schritte erklangen. Als er die Haustür öffnete, fand er sich von mehren uniformierten Polizisten umringt.

»Da haben wir Sie ja«, sagte ein Policeofficer zu ihm und legte ihm Handfesseln an. »Auf frischer Tat ertappt. Das wird Sie lange hinter Gitter bringen.«

Harris wurde gerade genötigt, in eine Polizeidroschke einzusteigen, als Holmes und Watson auf der Bildfläche erschienen.

»Glückwunsch«, sagte Holmes zu ihm. »Sie haben die Pappsilhouette direkt in den Kopf getroffen. Ein Meisterschuss. Schön, wie Sie in die Ihnen gestellte Falle getappt sind.«

Harris fluchte laut, als sich die Tür der Polizeidroschke hinter ihm schloss.

Das Abenteuer um den schwarzen Punkt war beendet.

Über den Autor

Rainer Güllich ist Jahrgang 1954, er lebt in seiner Geburtsstadt Marburg.

Als begeisterter Leser schon ewig von dem Wunsch getrieben, selbst zu schreiben, nahm er an einem Kurzkrimiwettbewerb teil, der im Rahmen des 1. Marburger Krimifestivals stattfand. Er kam auf einen der vorderen Plätze und sein Kurzkrimi „Hass" wurde in der regionalen Presse veröffentlicht. Dadurch motiviert belegte er seinen ersten Schreibkurs in kreativem Schreiben. Weitere schlossen sich an und als Ergebnis erschienen in kurzer

Zeit zwei Krimianthologien. Es folgte der Kriminalroman „Unter Druck – Ein Marburg Krimi".

Rainer Güllich ist Mitglied im Syndikat e. V. – Verein für deutschsprachige Kriminalliteratur.

Veröffentlichungen:

Der Marburger Krimi-Cocktail I + II, Kriminelle Kurzgeschichten

Flaschenpost – Das Ende einer Sucht, Roman

Unter Druck – Ein Marburg Krimi

Begegnungen – Geschichten aus der Psychiatrie

Du entkommst nicht – Ein Marburg Krimi

Der dritte Marburger Krimi-Cocktail, Kriminelle Kurzgeschichten

Verletzte Gefühle – Ein Marburg Krimi

Drei Morde – Ein Marburg Krimi

Mein Krebs, ich und der Rest vom Leben

www.allesleser-web.de